AF576349

DEBOUT LES MORTS!

ECRITURES ARABES

Dernières parutions :

N°68 Tahar Bekri, *Le laboureur du soleil.*
N°68 bis Ammar Koroghli, *Sous l'exil, l'espoir.*
N°69 Ammar Koroghli, *Mémoires d'immigré.*
N°70 Saaf Abdallah, *Chroniques des jours de reflux.*
N°71 Noureddine Aba, *Et l'Algérie des rois, Sire?*
N°72 Hassina, *Ame des fleurs, ma soeur.*
N°73 Dounia Charaf, *L'esclave d'Amrus.*
N°74 Fawzia Assaad, *La grande maison de Louxor.*
N°75 Albert Bensoussan, *La Ville sur les eaux.*
N°76 Fatiha Berezak, *Regard Aquarel III.*
N°77 Leïla Rezzoug, *Douces errances.*
N°78 Noureddine Aba, *L'Arbre qui cachait la mer.*
N°79 André Nahum, *Le roi des Briks.*
N°80 Selim Matar, *La femme à la fiole.*
N°81 Erasmi Mohamed Bousquim, *Complaintes de perdants orgueilleux.*
N°82 Naïdé Ferchiou, *Ombres Carthaginoises.*
N°83 Atallah Mokhtar, *Rue du Liban*
N°84 Raphaël Braque, *Le nouveau livre d'Isaac.*
N°85 Albert Bensoussan, *Djebel-Amour ou l'Arche naufragère.*
N°86 Azzedine Bounemeur, *Cette guerre qui ne dit pas son nom.*
N°87 M.K. Bouguerra, *Fenêtres barbares.*
N°88 Slaheddine Bhiri, *De nulle part.*
N°89 Fatima Bakhai, *La Scalera.*
N°90 Fatiha Berezak, *Homsiq.*
N°91 Myriam Ben, *Ainsi naquit un homme.*
N°92 Rabia Abdessemed, *La voyante du Hodna.*
N°93 Leïla Barakat, *Sous les vignes du pays druze.*
N°94 Messaoud Djemaï, *Le lapsus de Djedda Aïcha et autres histoires à lire à haute voix.*
N°95 Maya Arriz-Tamza, *Quelque part en Barbarie.*
N°96 Leïla Houari, *Les Cases basses* (théâtre).

Photo de couverture: Jean-Pierre GOUGEAU

ISBN : 2 - 7384 - 2275 - 6

Layla NABULSI

DEBOUT LES MORTS!

(Théâtre)

Editions l'Harmattan
7, rue de l'Ecole Polytechnique
75005 Paris

à ma grand-mère
à Louise

PERSONNAGES

Madeleine (mère du soldat)
Marie
Le facteur qui ne passe plus
L'homme
La femme
La petite fille
L'africaine
Le soldat (fils de Madeleine)
L'ivrogne
Le cul de jatte
Le roi
Le Ministre des Affaires Etrangères de l'Intérieur
Le fou
Le Ministre de la Mort
Le corbeau
Le corbeau messager
Le choeur des corbeaux
Les chapeaux

Plusieurs rôles peuvent être joués par le même comédien
Ainsi: Le Ministre de la Mort et le Soldat;
Le Ministre des Affaires Etrangères, le Corbeau et Le Cul de jatte;
Le Facteur, le Fou, L'Ivrogne et le Corbeau messager.

ACTE I - scène 1

MADELEINE-MARIE

Une femme dans un terrain vague entouré d'une ville détruite. Tout autour d'elle, décombres, gravats, restes d'incendies encore fumants. Parfois, au loin, bruits de mitraillettes ou coups de feu isolés.
La femme est vieille. Elle est assise dans un fauteuil un peu décrépit. Elle porte un foulard noué autour du cou. Elle est en train de nettoyer quelques légumes dans un seau en plastique posé à ses côtés.
Une seconde femme, vieille elle aussi, arrive, une bouteille à la main.
Elle va poser la bouteille sur les gravats qui se trouvent dans le fond, ramasse une chaise renversée qui traîne dans les décombres et vient s'asseoir à quelques mètres de la première.
Elle n'a pas de quoi s'occuper et joue avec ses doigts.
Les deux femmes se regardent furtivement, s'observent.
La seconde vieille se relève et va arroser les ruines avec le vin de la bouteille.
La première se retourne et lui crie:

La première
Donne-z-en un peu au mien. Ma bourse est sèche pour le mort. Mes vivants ont faim.

La seconde
Sûr que je partage, Madeleine.
Sûr que je ferais pareil s'il me restait des vivants.

Madeleine
Nourrir les vivants et nourrir les morts, c'est nourrir les mêmes. Hier notre maison, avant-hier la tienne...nos maris, de leur pauvre vie, n'ont jamais eu les os si propres.

Elles rient.
La seconde revient vers sa chaise, la prend et s'approche de Madeleine.

Madeleine
Entre.
Entre donc.
C'est pas la peine de t'essuyer les pieds, j'ai jeté du sable sur l'entrée.

L'autre "entre" en se frottant quand même les pieds.
Elle laisse sa chaise devant l'entrée.
Madeleine se lève, va vers le fond et ranime des cendres.

Madeleine
Marie, tu as la théière?

Marie
Je l'ai oubliée chez moi. Attends, j'y vais.

Madeleine
Non, non, c'est trop loin . On fera le thé demain.

Marie
Je l'ai oubliée chez moi
(elle insiste sur "chez moi")

Madeleine
Ah, alors, dépêche-toi.

Marie "sort" et va déterrer une théière, à peu près à l'endroit où elle avait posé la chaise la première fois.
Elle revient.
Elle se frotte une nouvelle fois les pieds. En voyant la théière, Madeleine se met à battre des mains. Marie enchaîne.

La chanson du thé , Marie et Madeleine
Il pleut des cendres toutes les nuits,
Les os de nos hommes sont en larmes,
Ils ont tué nos fils, violé nos filles,
Le sang je ne veux pas le voir.
Pendant que l'eau du thé murmure,
Il faut se garder de penser.
Les cendres tombent toutes les nuits.
Que la fête se lève sur le monde.
Mon étoile, mon amour, mon brasier,
Ma plus folle ardeur, ma passion des caresses,
L'étalon bleu de ma jeunesse,
Je te donne au roi,
Qu'il en crève étouffé.
C'est cela ma vengeance.
Toute sa lignée expire.
Leur sang va à nos morts
Qui bientôt se relèvent.
Il faut bénir de sel
L'ombre des ressuscités.

Les cendres tombent toutes les nuits.
Il faut faire taire le silence.
L'eau n'éteint plus le feu
Et nos larmes le raniment.

Que le soleil s'éteigne!
Je dirai à la nuit
Ce qu'elle ne peut cacher:
Les tombeaux en plastique
de nos corps pourrissants,
La puanteur royale
Qui envahit la terre.
Il n'y a pas de justes,
Il n'y a que pensants
Bien et mal
Suivant que je me tourne
à gauche, à droite
de la grève.

Les cendres tombent toutes les nuits
et les grenades éclatent.
La nuit, je dors.
Les os de nos enfants s'entrechoquent sous les draps
Et moi, je dors.
Que penses-tu de ça
Roi puant qui ne peut
m'empêcher de rêver?

Essoufflées, elles tombent de part et d'autre de la théière. Silence. L'eau bout. Madeleine se relève et prépare le thé.
Marie reste assise, jambes écartées et jupes retroussées...

Madeleine
Combien de jupons mets-tu maintenant?

Marie
Je ne sais plus. Je suis comme l'escargot, j'ai ma maison sur le dos, et comme il n'y a d'eau que pour le thé, je ne dois même plus les enlever pour me laver.

Madeleine
Qu'est-ce que tu vas faire sans vivant?

Marie
Je vais venir ici jusqu'à ce que tu y sois et quand tu n'y seras plus, j'irai me faire tuer ailleurs et ils feront des chandelles de mes os pour éclairer leurs âmes.

Madeleine
Tu as entendu parler du lac?

Marie
Oui, par le facteur.
Il paraît que c'est là qu'ils mettent les corps et que, quand la nuit vient, il y a des feux qui sortent de l'eau pour avertir les dieux que les âmes ne peuvent pas sortir de là, mais qu'elles se noient. Il paraît qu'il y a un feu par âme, que les âmes les plus belles font les feux les plus beaux et que les dieux ne s'intéressent qu'à celles-là.

Madeleine
Tu y es déjà allée?

Marie
Non et je n'irai pas. Il paraît que le lac est en train de sécher. Il paraît que les dieux n'ont plus de place, qu'ils ne veulent plus en entendre parler.
Il paraît même que les âmes échouent sur la rive et sèchent comme des harengs.

Madeleine
Mensonge. Mensonge.

Marie
Quel mensonge? Tu l'as vu, toi, le lac?

Madeleine
Non, pas plus que toi, pas plus que le facteur qui ne passe plus.
Mais mon homme y est allé.

Marie
Vrai? Quand ça?

Madeleine
Oh, pour ça, il y a longtemps. Le roi tétait encore le sein de sa mère.

Marie
Pour ça, il le tète encore

Madeleine
C'était l'époque où on croyait qu'il deviendrait un homme...

Marie
Alors, il y a longtemps!

Madeleine
Mon homme est parti au lac. 30 jours de marche. Tout seul, avec de l'eau et des vivres. Quand il est parti, il ne savait pas quand il reviendrait, il a seulement dit qu'il nous trouverait un endroit où il fait bon vivre, dans la montagne, qu'il construirait une maison et puis qu'il reviendrait nous chercher.

Marie
Pourquoi tu n'es pas partie avec lui?

Madeleine
Parce que j'étais grosse du premier, le traître, celui qui sert à présent dans l'armée. Ah, j'aurais mieux fait de suivre

mon homme et de faire une fausse couche pour celui-là.

Marie
Ne dis pas ça, Madeleine. Ne le dis pas.
Et alors, ton homme?

Madeleine
Il est parti un été. Pendant trois longues années.
On était jeunes mariés, Marie, on ne s'est pas vu pendant trois ans. J'ai cru qu'il ne reviendrait plus. Je n'avais pas d'argent. Les étrangers commençaient à arriver de partout.
J'étais belle, Marie, et eux aussi, parfois.

Marie
Et ton mari?

Madeleine
Il est revenu un dimanche d'août.
Cet été-là, la brume n'a pas cessé de voiler le soleil, de cacher ma honte.
J'étais là où je te parle. Grosse du deuxième.
Il est entré et il m'a regardée. Deux yeux noirs dans une peau de terre cuite. Il m'a dit: Va te laver.

Marie
L'imbécile...

Madeleine
Je n'ai pas bougé.

Marie
Tu as bien fait.

Madeleine
Il m'a dit: ce que j'ai fait, je l'ai fait pour toi.

Marie
Faut jamais croire les gens qui disent ça.

Madeleine
Il m'a dit: J'ai construit notre maison près du lac. Suis-moi. J'ai pas voulu parce que j'étais grosse du deuxième et que je ne voulais pas mourir dans la montagne. J'avais pas la force.

Marie
Tu as bien fait.

Madeleine
Il m'a battue, battue, jusqu'à ce que je perde le petit.

Marie
L'imbécile.

Madeleine
Et puis, il ne m'a plus jamais parlé.

Marie
Et tes fils?

Madeleine
Les deux qui ont suivi sont nés dans le silence.
C'est lui qui leur a appris les prières, parce que moi, dès ce jour-là, j'ai cessé de prier.

Marie
Et le lac?

Madeleine
Il paraît qu'il a construit la maison au bord du lac et qu'elle s'y reflète les jours de pleine lune et que la maison est

grande et belle, qu'il y fait chaud l'hiver et frais l'été, qu'il y a dans le lac une réserve inépuisable des poissons les plus fins, que la terre y est fertile...

Marie
Tu n'y es jamais allée?

Madeleine
Jamais allée.
Lui n'a pas pardonné.
Jamais.
Même quand il a pris feu, il s'est tu.
Dis, Marie, si on y allait!

Marie
Il est trop tard

Madeleine
Allons-y, Marie. A attendre, il ne se fait rien. A espérer, les bombes continuent de tomber, les hommes de mourir, les fils de tuer. Allons-y.

Marie
A y aller, je serai morte.

Madeleine
A rester, tu l'es déjà.

Marie et Madeleine
Partons, mon âme,
Où le vent nous pousse,
Où les figues tombent
dans les bouches.
Partons ma mie,
Partons ma joie

Où l'étoile éclate,
les gorges exhalent
La musique
Partons ma joie,
Partons mon âme;
Où le ciel flambe
La sueur coule
De ton sein.

Elles rangent toutes les deux et "sortent" de leurs maisons en fermant leurs portes respectives. Elles quittent la scène côté cour.

ACTE I - scène 2

MARIE - MADELEINE - LE FACTEUR

Marie et Madeleine reviennent, fatiguées.
Le plateau est nu.
Une boîte aux lettres.
Elles s'arrêtent devant cette dernière.

Marie
C'est la dernière avant la sortie de la ville, Madeleine.

Madeleine
Il ne faut rien laisser derrière soi, pas même des cendres dans un feu.

Marie
Que leur as-tu écrit?

Madeleine
J'ai dit que j'ai laissé des tomates dans leur soupirail, pour qu'ils les voient.
J'ai dit que je pars mourir ailleurs, qu'ils ne me cherchent pas. Qu'ils gardent tout et les os de leur père. J'ai dit Adieu et ça suffira.

Marie
Et le timbre?

Madeleine
Si ça doit arriver, ça arrivera.

Elle met la lettre dans la boîte. Passe alors le facteur qui ne passe plus.

Facteur
Eh, les vieilles! Qu'est-ce que vous faites là?

Madeleine et Marie
On s'en va voir ailleurs si du courrier nous attend.

Facteur
Plus rien ne rentre, plus rien ne sort, plus rien ne passe.

Madeleine
Tu penses dans le mauvais sens, Facteur. Il ne te manque que des ailes.

Facteur
Des ailes et du vent pour me pousser, les vieilles.
Mais le vent n'aime pas notre roi. Il a quitté le pays jusqu'à nouvel ordre.

Marie
C'est sa lâcheté de vent trop doux qui l'a poussé. Nous non plus, on n'aime pas le roi, c'est pour ça qu'on s'en va. Mais on quittera pas le pays, nous. Ah non, on restera. Et si le sang doit atteindre le lac...

Facteur
Le lac? Vous allez au lac?

Madeleine ***(en poussant Marie du coude)***
Non, non, elle dit le lac comme d'autres disent le ciel.

Facteur
Vous allez au ciel?

Marie
Pas avant que les dieux nous y envoient.

Facteur
Alors, vous avez le temps. Ils nous ont tous oubliés. Tous. Mais où allez-vous, les vieilles, sans valises, sans bijoux?

Madeleine et Marie
Facteur qui ne passe plus,
N'oublie pas une chose:
Tu ne nous as pas vues,
Tes lettres ont disparu
Et leurs destinataires
Cherchent une terre
De courrier reçu.

Madeleine
Facteur qui ne passe plus, écoute-moi.
Je n'ai jamais reçu de lettres d'amour, ni d'amours déçues.
Et je n'en recevrai plus. Je t'ai attendu, attendu, pendant des années.
Enfant, je croyais que tu étais le messager du temps, jeune ou vieux, je pensais que tu étais toujours le même homme, seuls ton âge et ta voix changeaient, mais pas ton uniforme.
Je pensais: il y a quelqu'un qui pense à moi dans le monde et qui m'écrit.
Tu n'as jamais apporté ses lettres.
A présent, elles sont perdues et tu ne passes même plus.
Même l'espoir a disparu.
Alors, on part nettoyer nos vieux crânes
sur les routes blanches du pays.
Facteur qui ne passe plus, tu ne nous as pas vues!

Facteur
Mais le roi a défendu à tout citoyen de quitter la ville où il est né!

Marie
Tu l'as dit, Facteur, le roi a fendu le dé et nous ne jouons plus.

Madeleine
S'il ne s'agit que de rendre l'âme, nous l'avons déjà perdue.

Marie
Comment rendre ce qu'on n'a plus?

Le facteur ne comprend décidément rien à ce qu'elles racontent.
Marie sort 5 osselets de sa poche. Madeleine tourne sur elle-même, les yeux fermés, bras et doigt tendus vers l'horizon. Toutes deux chantent une comptine.

Madeleine et Marie
Là où se figera le doigt
Le lac y sera!

Marie jette les osselets. Le bras de Madeleine se fige. Elles partent dans la direction du bras en chantant:

Si je marche tout le jour,
Le corbeau ne m'trouvera pas.
Si je marche toute la nuit,
Je lui donne bien du souci..

Elles sortent

ACTE 1 - scène 3

L'HOMME - LA FEMME

On entend du chahut dans les coulisses. Entrent un homme et une femme. Il la bat et elle crie.

La femme
Pourquoi me bats-tu?

L'homme
Parce que le roi m'a ordonné de te battre.

La femme
Et pourquoi t'a-t-il ordonné cela?

L'homme
Je ne sais pas.

La femme
Alors tu me bats sans savoir pourquoi?

L'homme
Si, parce que le roi me l'a ordonné.
Un ordre est un ordre.
Il a pris une assiette et il a dit:
"Battez vos femmes : même si vous ne savez pas pourquoi, il y a toujours une raison."

Il lui donne une nouvelle série de coups

L'homme
Pourquoi je te bats?
Dis-le moi! Dis-le moi!

La femme
Je ne sais pas.

L'homme
Tu mens! Tu mens!
Dis-moi! Dis-moi!

La femme
Parce que je t'ai fait deux beaux enfants.

L'homme
Non.

La femme
Parce je lave tes draps chaque jour.

L'homme réfléchit.

L'homme
Non.

La femme
Parce que je mets le sel dans les haricots et le poivre dans la semoule.

L'homme
C'est très bon le sel dans les haricots et le poivre dans la semoule.
Non, non, ce n'est pas pour ça.

La femme
Alors, c'est parce que je ne comprends pas pourquoi tu me bats.

L'homme
Oui, oui, c'est ça.

La femme
Alors, cesse de me battre.

L'homme
Pourquoi?

La femme
Parce que je sais pourquoi tu me bats..

L'homme cesse enfin, essoufflé. Il la regarde, puis l'embrasse en pleurant.

La femme
Personne ne t'a ordonné ni de pleurer ni de m'aimer. Il faut pour cela que tu offres de nouvelles assiettes au roi.

L'homme
Mais, c'est l'affaire des ministres de lui donner des assiettes.

La femme
Eh bien, tu n'as qu'à devenir ministre

L'homme
Femme, tu dis des bêtises. N'importe qui ne devient pas ministre, il faut de l'Instruction

La femme
De la quoi?

L'homme
De l'Instruction. C'est écrit sur une assiette. Pour devenir ministre, il faut de l'Instruction.

La femme
Ca s'achète?

L'homme
Oui, ça s'achète très cher.

La femme
Eh bien, vendons la maison et achetons de l'Instruction.

L'homme
Ce n'est pas possible

La femme
Et pourquoi?

L'homme
Parce que ça ne pousse pas par ici. Il faut aller la cueillir très loin, au-delà de la mer et des montagnes, dans les pays de pluie.

La femme
Ca se mange?

L'homme
Ca s'avale sans mâcher.

La femme
Alors ça se boit?

L'homme
Mais c'est très difficile à digérer.

La femme
Et tous les ministres sont partis dans les champs des pays de pluie cueillir de quoi faire des ministres?

L'homme
Oui. On dit qu'ils sont revenus malades et tout blancs et qu'ils ne parlaient plus comme avant et que personne ne les comprend, c'est pour cela qu'ils offrent des assiettes au roi.

La femme
Pourquoi?

L'homme
Parce que le roi n'a pas l'Instruction, alors il ne comprend pas tout ce que ses ministres lui disent, alors, ils donnent un peu d'Instruction au roi dans des assiettes.

La femme
Mais pourquoi le roi n'est pas allé cueillir de l'Instruction?

L'homme
Tu l'imagines dans un champ d'Instruction en train de cueillir avec tous les ministres du monde?

La femme
Non, tu as raison. Mais toi, mon homme, tu pourrais aller en cueillir un peu dans un pays de pluie.

L'homme
Moi?

La femme
Oui, toi. Tu pourrais ainsi devenir ministre et le roi t'écouterait et on ne manquerait plus de rien et tu pourrais faire cesser la guerre.

L'homme
Ma femme, tu es folle.
Pour aller dans les pays de pluie, il faut beaucoup, beaucoup d'argent et puis il faut être très, très intelligent.

La femme ***(elle le regarde, dubitative)***
Oui, oui, tu as raison...
Eh bien alors, c'est moi qui partirai.

L'homme
Toi???!!!

La femme
Oui, moi.
Pour ce qui est de cueillir, l'expérience ne me manque pas et ce ne sont pas les racines de l'Instruction qui me font peur.

L'homme
Et tes enfants?

La femme
Ils iront chez leur grand-mère ou tu t'en occuperas

L'homme
Moi???

La femme
Oui, toi.

L'homme
Et ma mère?

La femme
Quoi, ta mère?

L'homme
Qu'est-ce qu'elle dira?

La femme
Elle dira que je suis mauvaise-fille-mauvaise-épouse-mauvaise-mère en me rendant secrètement grâce de vous laisser à elle seule.

L'homme
Et si je ne te laisse pas partir?

La femme
Je partirai quand même.

L'homme *(interloqué)*
Et quand pars-tu?

La femme
Presque maintenant.

Elle sort. Il la suit.

ACTE I - scène 4

LA PETITE FILLE - LE SOLDAT - L'AFRICAINE - LE FACTEUR - MARIE - MADELEINE - LE CUL-DE-JATTE - L'IVROGNE

Une petite fille traverse le plateau de jardin à cour en poussant un cerceau avec un bâton.

La petite fille
" Le bonheur est dans le pré
Cours-y vite, cours-y vite
Le bonheur est dans le pré
Cours-y vite, il va filer"

Un soldat dépenaillé croise la petite fille. Il porte une mitraillette trop lourde pour lui et ne sait comment la tenir. Il se débat avec son arme. Une rafale s'échappe de l'engin et tue l'enfant. La petite fille s'écroule.
Silence.
On croit qu'elle est morte.
Le soldat est fou de joie.

Le soldat
J'ai trouvé! J'ai trouvé!

Le soldat n'en finit plus de lancer de longues rafales en tournant de joie sur lui-même.

Quand il arrive au bout de ses munitions, il s'arrête, déconcerté.
Il s'assied pour recharger son arme.
Le petite fille le regarde et est prise d'un fou rire. Elle se roule par terre en riant. Elle se relève et sort côté cour en chantant: Le bonheur...

Pendant que le soldat s'affaire, une africaine vêtue d'un boubou rose indien entre sur le plateau. Elle est un peu éméchée. Elle va vers l'homme et lui tend la main. L'homme lui répond distraitement, trop occupé par sa mitraillette qu'il ne parvient pas à recharger.
La femme pose sa main sur son propre sexe, la glisse doucement le long de sa taille et tente d'ôter maladroitement son boubou.
L'homme regarde la fille nue, un peu gêné. Il a autre chose à faire.
Elle remet son boubou et lui tend la main.

L'africaine
Au revoir

Elle sort

Le soldat
Aurevoir

Il continue à charger sa machine.

Le facteur traverse le plateau à vélo de cour vers jardin.
Il s'arrête au centre du plateau.

Le facteur
Elles m'appellent le facteur qui ne passe plus. Ce qu'elles semblent ignorer, c'est que je ne suis jamais passé.

Il fait demi-tour et sort.

Arrivent les deux vieilles qui brandissent chacune une torche au bout du bras.

Marie
Je n'y comprends rien. On est encore là. Rien à faire, tous les chemins nous ramènent, impossible de trouver la sortie.

Elles voient le soldat. Marie a peur et se cache derrière Madeleine. Madeleine le regarde et le reconnaît.

Madeleine
Alors l'apprenti soldat, que fais-tu là?

Le soldat
Qui es-tu la vieille?
Qui que tu sois, parle-moi sur un autre ton, ou bien...

Madeleine
C'est ça, tue-moi, morveux. Rends-moi la honte plus légère!

Le soldat
Mère?!
Que fais-tu là à une lieue de chez toi dans cette nuit qui ne tombe pas?

Madeleine
A une lieue de chez moi, dis-tu, imbécile?
Tu es assis sur les os de ton père et les cendres de la maison salissent ton pantalon.

Le soldat
La maison?

Madeleine
Oui, crétin, fils de femme usée. Avant-hier, c'est ta propre maison que tu as bombardée.

Le soldat
Mais je n'ai rien fait.

Madeleine
Tu n'as rien fait? Tu dormais?
Alors ce sont tes amis, c'est pareil. Sors de là, mon aîné et s'il me reste trois jours à vivre, que ce soit trois jours sans toi.

Le soldat ***(qui s'agenouille devant la vieille)***
Mère, ce n'est pas nous. Les autres ont commencé. Il a bien fallu riposter.

Madeleine
C'est toujours l'autre qui commence, fils, et l'oeuf cherche la poule.

Le soldat
Mais je t'assure, Mère, ils nous ont attaqués en pleine nuit rouge et noire.

Madeleine
Et toi, c'est en pleine nuit rouge et noire que tu as mis le feu à notre seul bien, à la maison de deux vieux qui ne demandaient à la terre que d'y pourrir tranquillement.
Assassin, tu as tué ton père et maintenant tu fais briller ton arme sur ses os. Va-t-en. Tu n'es plus mon enfant, tu es l'enfant d'un roi cul-de-jatte et d'une armée aveugle. Va leur demander de te donner un lit et ne reviens plus ici.

Le fils sort, la mitraillette entre les jambes.

Marie ***(qui ose enfin réapparaître)***
Qu'est-ce qu'on va devenir, Madeleine? On tourne, on tourne, et c'est toujours ici que ça finit.

Madeleine
C'est comme si un aimant nous empêchait de partir.

Marie
On tourne tout le jour

Madeleine
Et puis toute la nuit

Marie et Madeleine
Et c'est toujours ici qu'on aboutit.

Passe un cul-de-jatte qui rampe sur le sol. Bruit de voitures qui passent à toute vitesse.

Le cul-de-jatte ***(Il traverse le plateau en criant)***
A vot'bon coeur, M'sieur dame!

Passe une étoile filante qui atteint le milieu du plateau, s'arrête et fait demi-tour.
Un ivrogne suit l'étoile, le nez en l'air.
Quand elle s'arrête, il s'arrête.
Quand elle fait demi-tour, il la suit.

L'ivrogne
Tiens, une étoile qui a oublié ses clefs...

Il sort.

ACTE I - scène 5

LE ROI - LE MINISTRE DES AFFAIRES ETRANGERES DE L'INTERIEUR - LE FOU

On entend alors un grand fracas. Des assiettes se mettent à voler et viennent se fracasser sur le plateau.
Le roi, habillé à l'envers, cravate et col du côté dos, entre sur le plateau, furieux.
Il tend un doigt menaçant.

Le roi
Je suis le roi
C'est moi le roi
Le roi c'est moi
C'est moi qui décide
C'est moi qui veux
Tout seul je décide
Moi, tout
Où a-t-on mis mon palais
Pourquoi
Sang dessus
de ça
Il se passe qu'ils veulent
que je n'y sois pas
Mes ministres, où sont-ils?
L'assiette
ne passera que

si je veux
C'est moi qui...

Il hurle

Où sont mes ministres
A moi!!!

Entre un petit homme avec une pile d'assiettes en plastique.

Le roi
Ah, mon Ministre des Affaires Etrangères de l'Intérieur!
Je ne veux plus d'étrangers de basse classe dans mon pays!

Le ministre
Sire, c'est impossible.

Le roi
Ministre, rien de ce que je désire n'est impossible. Le roi, c'est moi.

Le ministre
Certes, Sire, mais c'est sur les étrangers de basse classe que repose toute l'économie.

Le roi
Je ne veux plus qu'elle se repose.

Le ministre
Si elle se réveille... comme somnambule sur le toit,
Elle tombera.

Le roi
Qu'elle tombe!

Le ministre
Si elle tombe, c'est avec toi.

Le roi *(perplexe)*
Ministre, tu as fait venir les étrangers pour nous relever.
Maintenant, nous sommes debout.
Débarrasse-z-en nous.

Le ministre
Sire, nous les avons déjà parqués dans une tour qui pue et la révolte gronde.

Le roi
Je n'entends rien.

Le ministre
C'est que la mort de nos soldats te bouche les oreilles, mon roi, mais il en meurt tellement que nous n'en aurons bientôt plus.
Plus de soldats, plus d'hommes du pays, plus de semence pour nos femmes. Ton royaume va à sa perte.

Le roi
Je t'interdis de me dire ce que je me dis à moi-même, parfois.
Il faut faire cesser guerre et étrangers....
D'abord les étrangers et puis la guerre.

Le ministre
Sire,
si je peux me permettre,
je dirai la même chose à l'envers:
Faites cesser la guerre
Il suffit de signer le traité de paix marqué sur ces six assiettes.

Le roi
Mais, mon ministre, je vais encore les casser malgré moi.

Le ministre
Impossible, Incassable.
Matière infrangible.

Le roi
Des assiettes qui ne cassent pas?! Mais où est le plaisir?

Le ministre
Signez, mon roi, et la guerre cesse.

Le roi
Oui mais, si je signe, qui la gagnera?

Le ministre
Personne ne gagne, personne ne perd et nos morts reposent en très sainte paix.

Le roi
Et la petite parcelle de terrain qui devait enorgueillir mon jardin, de l'autre côté de la frontière?

Le ministre
Personne ne gagne rien que beaucoup de repos.

Le roi
Encore dormir?

Le ministre
Ensuite, il faut reconstruire. Les gens d'ici s'en vont!

Le roi
S'en vont?! J'ai interdit qu'on quitte le pays!

Le ministre
Les corps restent, les esprits sont ailleurs. Certains n'ont pas quitté le passé, d'autres ont l'imagination dans les pays de pluie.

Le roi
Ce sont des bras qu'il faut pour reconstruire, pas des esprits ou des imaginations.

Un fou entre en faisant des sauts périlleux

Le fou
Des esprits d'ânes sans bras!

Le ministre
Mon roi, si les esprits n'y mettent pas du coeur, les bras ne suivront pas.

Le fou
Le petit cours d'anatomie du petit roi de Félicie.

Le roi
Eh bien, qu'on leur donne de l'argent.

Le ministre
Les caisses sont vides, Sire.

Le roi
Oh, qu'as-tu toujours à me contredire et carrer. Qu'on chasse les étrangers et on verra après. Une chose à la fois est la sagesse du roi. Et si c'est à l'envers, on verra bien comment la remettre à l'endroit. Pour la paix, on verra plus tard, il faut que je consulte mon jardinier.

Ils sortent.

ACTE I - scène 6

MADELEINE - MARIE - LA FEMME

La femme entre avec son baluchon.
Elle trébuche sur les corps des deux vieilles qui sont restées là, endormies.

Madeleine
Ola!

Marie
Qui est là?

Madeleine
On a frappé.

Marie
Qui?

La femme
Moi.

Les vieilles la regardent, éberluées.

La femme
Ca ne va pas de vous coucher sur le passage?

Madeleine et Marie
Ca ne va pas d'entrer comme ça chez les gens?

La femme
Mais je vous connais... Vous êtes les deux vieilles qui tournent et qu'on voit passer à longueur de journées!

Madeleine et Marie
Les deux vieilles qui tournent...?

La femme
Il paraît que vous cherchez le lac...
Eh bien, ce n'est pas ici que vous le trouverez, ils l'ont bouché. Avec les crânes et les os qu'ils jetaient des avions. Toute l'eau est partie et les poissons aussi.
Ce n'est plus qu'un charnier où les mouches font bombance.

Madeleine
Qui t'a dit ça?

La femme
Je l'ai vu. Il y avait des photos dans le journal du pays d'à côté. Avant qu'ils ne brûlent le marchand. C'était une photo couleur, toute noire de mouches.

Madeleine
Et la maison?

La femme
La maison du muet?

Madeleine
La maison...

La femme
Plus de maison, la vieille. Que des os, quelques abats et des mouches.

Marie
Qu'est-ce qu'on va devenir?

Madeleine
On va attendre qu'une bombe veuille bien nous écorcher

La femme
Et vos maris?

Marie et Madeleine
On n'en a plus.

La femme
Et vos enfants?

Marie et Madeleine
Ils font leur vie.

La femme
Et vos maisons?

Marie et Madeleine
T'es couchée dessus.

La femme
Il vous ont tout pris. Ils sont allés dans les pays de pluie apprendre comment tout vous prendre.

Elle entre dans une fureur rouge

Ils ont recopié toutes les erreurs sur les assiettes et ils nous les jettent sur la tête!
Il faut partir!
Il faut rester!
Il faut devenir des oies sauvages, aller au rythme des

saisons, trouver le chaud!
Il faut partir!
Il faut rester!
Il faut rester et casser tout ce qu'il y a à casser.
Piétiner, piétiner, piétiner tout ce qui reste à piétiner.

ACTE I - scène 7

LES MEMES - LE FACTEUR

Entre le facteur qui ne passe plus sur sa bicyclette, brandissant une lettre.
Il s'arrête à hauteur des femmes.

Le facteur
C'est quoi, tout ce chahut?
Moi, le facteur qui ne passe plus, j'ai une lettre pour toi, la vieille.

Il tend la lettre à Marie

Marie
Pour moi?

Le facteur
Tu t'appelles bien Marie et c'est bien ta maison?
Je connais mon métier,
j'ai appris la chanson,
si tu habites ici et que tu t'appelles Marie, cette lettre du facteur qui ne passe pas est pour toi.

Marie
Qui te l'a donnée?

Le facteur
A la prison, je l'ai ramassée au pied du mur. Tiens, me suis-je dit - je connais mon métier - une enveloppe, un nom et une adresse, ce doit être pour moi.

Les femmes le regardent sans y croire

Madeleine
Eh bien ouvre, ouvre vite!

Marie ouvre l'enveloppe, ôte la lettre qui se trouve à l'intérieur et la regarde.

La femme
Eh bien alors, qu'est-ce qu'elle dit?

Marie
Je ne sais pas, je ne sais pas lire.

Les trois femmes et le facteur se regardent.

Madeleine
Moi non plus.

La femme
Moi non plus.

Le facteur
Moi non plus, enfin, seulement les adresses. Dix rues retenues, quelques chiffres, c'est le plus.

Marie
Une lettre pour moi ...et qui me la lira. C'est mon fils qui m'écrit, j'en suis sûre. Celui qui est parti dans les montagnes, tout au début, j'en suis sûre, le plus jeune.

J'étais sûre qu'il était mort et il ne l'était pas, mon petit,parti tout seul, mon petit, contre les soldats.
Maintenant ils l'ont pris, mon petit, j'en suis sûre, prisonnier mon petit, et qui me la lira?
Mon petit, il est vivant, mon petit, ils me l'ont pris.

Elle pleure.

Madeleine
J'ai une idée.

Marie
Ils me l'ont pris...

Madeleine
Mon fils aîné,

Marie
Mon petit...

Madeleine
Mon imbécile de soldat, il sait lire. Qu'au moins une fois il serve à quelque chose, ce fils sans joie.

Marie
En prison...

Madeleine
Seulement, comment le retrouver ce veau-là?

Marie
Le seul qui me reste, tu n'es pas mort.

Le facteur
Il est soldat, dis-tu?

Madeleine
Oui, fantassin du roi.

Le facteur
Alors j'ai une idée. Quand la nuit tombe, ils font un grand feu hors de la ville et y jettent tous les livres qui restent à brûler. Depuis une semaine, c'est comme ça, un grand feu de tous les livres. Attends-moi.

Le facteur fait mine de s'en aller.

Madeleine
Eh, facteur, tu connais mon fils? Comment le reconnaîtras-tu?

Le facteur
Bien sûr, je le connais, la vieille. Les noms, les adresses et aussi les visages, c'est comme ça.

Il sort.
Madeleine prend la lettre des mains de Marie qui est en train de la chiffonner tout en pleurant. Au loin, on entend les crépitements d'un feu et des éclats de rires et des coups de gueule d'hommes ivres.

ACTE I - scène 8

LE FILS - LE FACTEUR - MADELEINE - LA FEMME - MARIE

On entend dans les coulisses des pas qui approchent.

Voix du fils
Ma mère? Très malade? C'est impossible et puis, je ne peux pas quitter ma garde comme ça.

Voix du facteur
Je te le dis, si tu ne viens pas, la pauvre vieille mourra sans te revoir.

Voix du fils
Mais facteur, lâche-moi! Hier encore, elle ne voulait plus entendre parler de moi...

Voix du facteur
Je te dis, moi, que la vieille est à la mort et qu'elle ne cesse de gémir ton nom.

Ils entrent sur le plateau. Le facteur tire le fils qui ne veut pas le suivre.

Le fils
Non, non, je n'irai pas. Mon devoir est de rester avec ma nouvelle famille et puis, il reste à brûler tout ce qui reste à brûler.

Tous les livres, tous, c'est le roi qui l'a dit.
" Ce n'est pas de livres dont le pays à besoin, mais de bras. Les livres donnent des idées. Qu'a-t-on besoin d'idées? Le pays a besoin d'hommes forts".
Comme moi.

Le fils parvient à se dégager et braque sa mitraillette sur le facteur.

Le fils
Si tu ne me laisses pas, je te tue.

Madeleine entend la menace du fils. Elle court vers eux et l'amène au centre en le tirant par l'oreille.

Madeleine
Ah, te voilà, assassin, prêt à tuer pour un oui, pour un non.
Viens-là, assieds-toi.

Elle le jette vigoureusement par terre et prend son arme.

Madeleine
Et maintenant, écoute-moi.
Tu vas nous lire cette lettre.

Le fils
Une lettre?

Madeleine
Oui, fils, une lettre.
Tu sais lire, tu vas nous la lire.

Le fils
Il est interdit d'écrire. Il est interdit de lire.
C'est la loi.

Madeleine ***(qui le menace avec son arme)***
Fils, si tu n'obéïs pas, je fais un grand trou dans ton uniforme.

Le fils
Mère, vous n'avez pas le droit.

Madeleine
Fils, c'est surtout le temps que je n'ai pas. Lis-nous cette lettre immédiatement.

Le fils prend la lettre et commence à la lire sous la menace de la mère.

Ma chère maman,

J'espère que le vent daignera faire glisser cette lettre jusqu'à votre porte ou qu'un des petits génies des histoires que vous nous racontiez quand nous étions enfants passera aux pieds de la prison et vous apportera ces derniers mots.
J'espère aussi que vous trouverez quelqu'un d'assez bon et d'assez courageux pour vous la lire, à notre père et à vous, ma mère si douce.
Je vous écris du cachot.
Il est onze heures du soir.
Demain, à l'aube, les gardes viendront me chercher.
Une messe doit avoir lieu dans une heure et je crois que j'y assisterai; non pas que je pense qu'elle puisse changer le cours des choses: ce sera seulement l'occasion de voir pour la dernière fois ceux de mes camarades qui furent pris dans la même rafle.
Ma bonne maman, je voudrais vous dire que je ne regrette rien et sachez que, si j'ai des morts sur la conscience, ce sont des soldats qui venaient pour nous tuer et tuer

ceux qui nous hébergeaient. Bien sûr, certains d'entre eux étaient très jeunes, il y en a même un qui était mon camarade de classe lorsque nous vivions encore tous ensemble, mais qu'avait-il à obéïr aveuglément à ce roi qui sacrifie son peuple à un bout de terrain?
Ne pleurez pas maman, soyez forte et courageuse comme je vous ai toujours connue, ne vous lamentez pas ma mère, ni vous mon père, pensez seulement que je vais peut-être rejoindre mon frère et mes soeurs.
Vous n'avez pas eu de chance avec vos enfants, mais au moins, sachez qu'aucun d'eux n'a eu à rougir de ce qu'il a été.
Une heure trente.
J'ai assisté à l'office.
Quelques-uns de mes camarades étaient présents. Il y avait aussi quelques déserteurs. Nous n'avons pas pu échanger une parole, mais du moins, nous sommes-nous vus.
Nous allons tous mourir dans quelques heures, maman, mais la peur ne se lisait sur le visage d'aucun d'entre nous parce que nous gardons la foi en ce que nous avons fait.
Ne pleurez pas ma mère chérie, soyez telle que vous avez toujours été.

Trois heures quarante-cinq.
Oh maman, je sais quelle peine je vous fais, mais il ne faut pas, il ne faut pas pleurer. Dans moins d'une heure, ils viendront me chercher, mais je sais que ma mort n'est pas inutile et cela me donne la force nécessaire.
Je n'ai pas peur, maman, je sais que je me prépare à un long sommeil et en cela, je sais que j'ai plus de chance que vous.
Prenez soin de vous, surtout soyez prudente et ne laissez pas notre père sortir pendant le couvre-feu sous prétexte de prendre l'air du soir.

Je vous embrasse tous les deux très fort. J'espère que cette lettre vous arrivera et que vous saurez ainsi que mes dernières pensées auront été pour vous.
Adieu ma bonne maman, adieu mon père. Soyez fiers de vos enfants et que Dieu vous garde.
Adieu.
Votre Romain.

Après lecture de la lettre, silence. Même le soldat semble impressionné.
Marie pleure toujours.

Madeleine
Quelle belle lettre, Marie, quel courage. Tu peux être fière de ton petit.

La femme ***(en s'essuyant les yeux)***
Pour ça oui.

Madeleine ***(à son fils)***
Tu vois ce qu'elle fait, ton armée, mon fils, elle nous tue tous, les uns après les autres, pour quelques territoires de plus, pour un peu de prestige aux yeux des pays de pluie. Pour rien.
Te souviens-tu pourquoi la guerre a commencé?
Personne ne s'en souvient. Parce que l'un était chrétien et l'autre autre chose et le troisième autre chose encore.
Ca aurait pu être pour n'importe quelle autre raison, mais celle-là tombait bien, elle arrangeait tous ceux qui voulaient que notre pays se déchire en autant de morceaux qu'il y a de pièces de monnaies dans les banques. Maintenant, chrétien ou pas, notre roi a décidé de faire pousser des roses dans son jardin et pour ce faire, il lui faut la parcelle de son cousin. M'entends-tu, fils, tu nous tues pour arroser quelques épines.

Ils nous défendent de quitter le pays pour pouvoir mieux nous tuer.
Ils détruisent tout pour faire place nette et puis, ils viendront construire des hôtels à la place de nos cimetières.
Je suis vieille et fatiguée, mes autres enfants se cachent sous les décombres et toi, parce qu'une mouche t'a piqué de sa bêtise, tu te bats contre nous.

Le soldat
Mère, tu dis des balivernes. Tu parles comme une femme. Tu n'y connais rien en politique. Le roi veut que nous soyons plus grands, plus forts, il veut faire de notre pays un jardin où nous serons tous plus heureux, mais Rome ne s'est pas construite en un jour et il faut chasser les vautours, les parasites, chasser tous ceux qui ne comprennent pas la grandeur de notre roi.
(à Marie)
Je suis désolé pour votre fils, Madame Marie, c'était un bon garçon. Je l'ai bien connu, nous jouions ensemble dans la rue, vous vous souvenez? Mais il a pris le mauvais chemin, le chemin de ceux qui ne comprennent rien à la grandeur de notre roi.
(à Madeleine)
Sur ce, mère, je retourne où le devoir m'appelle, car le devoir n'attend pas.

Madeleine
C'est ça, fils, retourne nous brûler les entrailles.

Il se rend compte qu'elle a toujours sa mitraillette. Il fait mine de la lui reprendre.

Madeleine
Non, je la garde. Si on te demande quelque chose, dis que tu as été pris dans une embuscade, n'importe quoi.

Le soldat
Mais mère...

Madeleine ***(en le visant)***
N'approche pas, je te dis, retourne chez tes amis.
Toute vieille que je suis et sans mari, j'ai bien le droit d'avoir une arme pour me défendre.
Allez, va-t-en. Je ne te dis pas merci.

Il sort

Marie
Mon petit, mon petit...

Madeleine ***(au facteur)***
Eh bien facteur, parle à présent, quand as-tu ramassé cette lettre?

Facteur
Tout à l'heure, mais elle devait être là depuis un moment car tous les prisonniers ont été fusillés hier à la levée du jour. Les nouveaux sont arrivés ce matin.

Madeleine
Maintenant, facteur, écoute-moi et dis-moi tout ce que tu as entendu, tout, toi qui colportes les rumeurs de la ville.
Que t'a-t-on dit au sujet du lac?

Facteur ***(ennuyé)***
Le lac?.... Ah le lac...Mon Dieu... certaines choses que j'ai promis de ne pas répéter.

Madeleine
Allons, facteur, ne te fais pas prier.
Dis-moi ce que tu sais.

Facteur
Ce sont des choses graves et terrifiantes...

Madeleine
Allons, nous t'écoutons.

Facteur
Promettez d'abord de ne le dire à personne.

Madeleine
Nous promettons.

Le facteur regarde la femme, qui n'a encore rien dit. Marie est trop absorbée par ses pleurs.

La femme
Foi de moi, personne d'autre que nous ne l'entendra.

Le facteur
On dit...On dit que toutes les âmes des morts de tous les camps s'y sont réfugiées, qu'il y règne une grande puanteur de corps pourris, que le lac est devenu poubelle de toutes les âmes des corps défunts du pays, aussi bien celles des soldats que celles des étrangers, que celles de ceux qui résistent à l'armée; que quiconque s'approche du lac est condamné à mourir et à aller les rejoindre dans leurs plaintes.

Madeleine
Dis-moi, facteur, tu dis que toutes les âmes, absolument toutes, se trouvent dans le lac?

Le facteur
Oui, du moins toutes celles de la guerre. On dit qu'elles s'attirent et que même celles dont les corps n'ont pas été

jetés à cet endroit y viennent quand même.

Madeleine
T'a-t-on dit combien de jours elles mettent pour arriver?

Le facteur
La vieille, plus vite que l'éclair!

Madeleine
Est-ce qu'elles parlent?

Le facteur
Je t'ai dit ce que je sais, ne m'en demande pas plus.
Personne n'est revenu de là vivant,
ce qu'on en dit,
personne n'a pu le vérifier.
Maintenant, laisse-moi et si je ne t'ai pas vue, tu ne m'as pas vu non plus.

Le facteur enfourche son vélo et quitte le plateau. Madeleine va auprès de Marie et la prend dans ses bras.

Madeleine
Tu entends, Marie, l'âme de ton fils est sûrement là-bas et celle de tous ceux qu'on a perdus.
Allons-y, ce n'est plus l'heure de reculer.

La femme
Mais vous êtes folles!
Vous avez entendu ce qu'il a dit?
Personne n'est revenu vivant.

Madeleine
Ah, vous êtes encore là, vous. Et qu'est-ce que vous voulez?

La femme
Rien.
Je suis partie pour chercher de l'Instruction dans les pays de pluie.

Madeleine
Tu ferais bien mieux de venir avec nous pour réveiller nos morts...

La femme
Qu'est-ce que tu veux dire?

Madeleine
Ecoutez-moi, toutes les deux: vous avez entendu ce qu'on raconte?
Toutes les âmes réunies dans le lac...

La femme
Ce doit être une belle pagaille.

Madeleine
Oui, mais maintenant qu'ils sont morts, ils ont peut-être compris qu'ils sont partis pour rien et qu'on leur a menti. Maintenant que leur sang a coulé, qu'ils n'ont plus rien ni à prouver ni à perdre, ils vont peut-être pouvoir nous aider.

La femme
Nous aider?
Mais comment et à quoi?

Madeleine
A faire cesser tous ces caprices de rois.

Marie
???

Madeleine
Je ne sais pas encore très bien, mais il me semble que si toutes les âmes sont dans le même bain, on va bien pouvoir en tirer quelque chose. Dormons encore un peu et que la nuit porte conseil.
Demain matin, je vous dirai mon idée.

Les trois femmes se couchent et s'endorment.

ACTE I - scène 9

LE ROI - LE MINISTRE DE LA MORT

Dans le palais du roi.

Le roi
Je suis le roi
C'est moi le roi
Le roi c'est moi
C'est moi qui décide
C'est moi que je veux
Tout seul je décide
Moi.
Tout.
Mes ministres
Où sont-ils?
Je veux tout de suite
Mes ministres
A moi.

Entre un grand homme vêtu somptueusement d'un costume noir couvert d'une cape rouge zébrée de noir.

Le roi ***(un peu surpris)***
Ah, mon Ministre de la Mort...
Je ne t'attendais pas...
Comment vont les affaires?

Le ministre
Très bien, mon roi, tu peux être content de toi.
Chaque soir, nos prisons font le plein et nos soldats se chargent de les vider le matin.
Dans les camps, les enfants commencent à mourir de faim.
D'ici quelques mois, il n'y aura plus âme vivante rebelle et ennemie à mille lieues à la ronde.
Jamais, mon roi, tu n'auras ministre plus content que moi.

Le roi
Bien, bien.
Et où en est mon jardin?

Le ministre
Là aussi, les affaires avancent.
Le roi voisin, ton cousin, ne voulait pas entendre parler du traité de paix dans lequel ses mille ares de forêts te seraient octroyés.
Aussi, suivant notre principe, nous avons tout brûlé: ses cèdres, ses cyprés, ses hêtres millénaires, ses papyrus: bref, plus de cent mille arbres calcinés en une journée.
On dit que, depuis que ton cousin a appris la nouvelle, il a sombré dans un délire profond et sans remède.
A sa mort, tu hérites de ses biens.

Le roi
Bien, bien.
Et qu'en est-il des étrangers?

Le ministre
Mon roi, je pense qu'il faut les tuer.
Leur présence est devenue inutile.

Le roi
Ne pourrait-on pas plutôt les expulser?

Le ministre
Surtout pas, mon roi.
Cela te coûterait bien trop cher et puis, pour les envoyer où?
Tu sais comme moi que leurs ministres n'en veulent plus.
Plutôt que d'entrer en conflit avec ces pays, rendons-leur service.
Et s'il se fait que nous en ayons de nouveau besoin, à l'occasion, nous en redemanderons, ni vu ni connu.

Le roi
Bien, bien.
Mais, mon ministre, qu'allons-nous faire de toutes ces âmes mortes?

Le ministre
Ne t'en fais pas, mon roi, ce sont des âmes découragées, blessées.
Elles ne prennent pratiquement pas de place.
Le lac est bien assez grand.

Le roi
Justement, mon ministre, au sujet du lac, des bruits commencent à courir...

Le ministre
Laisse courir les bruits, mon roi.
Pures inventions.
Les morts ne reviennent pas ou ce serait bien la première fois.
Les gens inventent des sornettes pour se donner une contenance.
Fais-moi confiance, d'ici un mois ou deux, nous aurons nettoyé le pays et grignoté quelques frontières.
Tu règneras alors sur le pays le plus propre du monde.

Le roi
Mon ministre, tu es le meilleur des ministres.
Si je pouvais, je te nommerais roi; mais comme le roi, c'est moi...Enfin, n'en parlons plus.

Il bâille

Le roi
Oh, que je suis fatigué. Porte-moi jusqu'à ma chambre royale.

Le ministre
Avec joie, Sire.

Le ministre s'approche de lui en ouvrant tout grand sa cape. On y découvre une grande faux peinte.
Le roi le regarde s'avancer avec crainte.

Le roi
Non, tout compte fait, ça ira, je vais marcher un peu.

Le ministre
Comme vous voudrez, mon roi. Après vous.

Le roi
Non, non, passe devant moi.

Ils sortent.

ACTE II - scène 1

LA FEMME - MARIE - MADELEINE - VOIX DES CHAPEAUX

Noir. On entend des voix qui chantent.

Et ainsi passent les journées, ma mie
Et ainsi passent les nuits
Dans une eau douce et salie, ma mie
Dans une eau, ensevelies
Et ainsi passent les journées, ma mie
Et ainsi passent les nuits
Ici ils nous ont jeteés, mon aimée
Ici l'on se réfugie
Et ainsi passent les journées, ma mie
Et ainsi passent les nuits
Mon corps est réduit en bouillie, ma mie
Mon corps a quitté la vie
Et ainsi passent les journées, ma mie
Et ainsi passent les nuits
Je veux que mon chant t'appartienne, ma mienne
Tiens-toi loin de la Géhenne
Et ainsi passent les journées, ma mie
Et ainsi passent les nuits
Que jamais l'on ne te mente, mon amante
Ecarte-toi des tourments

Et ainsi passent les journées, ma mie
Et ainsi passent les nuits
N'accepte pas de prendre une arme, mon âme
Que personne ne te damne
Parce qu'ainsi passent les journées, ma mie
Parce qu'ainsi passent les nuits.

Dans les coulisses

La femme
Vous entendez?

Marie
Qu'est-ce que c'est?

Madeleine
Il y a des gens qui chantent. Taisez-vous.

Silence.

La femme
On n'entend plus rien.

Marie
Je vous avais dit qu'il ne fallait pas venir ici. C'est trop dangereux.

Madeleine
Si mes renseignements sont exacts, nous devrions être arrivées. Marie, donne-moi la torche, je n'y vois rien.
Oui, oui, c'est bien cela.
Marcher, au sortir de la ville, tout droit dans les champs minés jusqu'aux barbelés.
Prendre la route qui longe les miradors. Attendre la relève de la garde pour passer de l'autre côté des rochers.

Une fois de l'autre côté:
aller jusqu'au lieu dit Le Piquet, le contourner et arriver au vieux temple.
Grimper tout en haut du temple et chercher le grand miroir vers le sud.
Si le temps est à la brume, attendre qu'elle se dissipe;
Si le temps est à la lune, tout sera miroir et tu te tromperas;
Si le temps est à la pluie, boire jusqu'à plus soif et attendre qu'elle passe;
Si le temps est au beau, l'eau s'y reflètera et là sera le lac.

Les voix
J'avais un jardin derrière ma maison
Et trois beaux enfants qui cueillaient des figues
J'avais un jardin et trois beaux garçons.

La femme
Chhut, ça recommence.

Les voix
Le premier des trois partit à la guerre
Le second des trois a suivi son frère
Le petit cadet voulait pas la faire

J'avais un grenier dedans ma maison
Et un bel enfant qui craignait les armes
J'avais un grenier et un beau garçon

Le petit cadet s'était bien caché
Mais les deux aînés sont venus le chercher
Comme il voulait pas, ils nous l'ont tué

J'avais un fusil dedans ma maison
Et deux beaux enfants qui voulaient la guerre
J'avais un fusil et deux beaux garçons

Le premier me dit que c'était bien fait
Le second dansait sur le corps de son frère
J'ai pris mon fusil, je les ai chassés

J'avais un jardin derrière ma maison
Et un bel enfant à mettre sous terre
J'avais un jardin et plus de garçons

La femme
Qui est-ce?

Marie
Où sommes-nous?

La femme
J'ai peur.

Marie
Cachons-nous et écoutons encore.

Toujours dans le noir.
On entend sur le plateau un vol d'oiseaux, des ailes qui s'ébattent.

Madeleine
Oui, oui, c'est bien ça.
Les miradors, le temple, tout droit.
Femmes, si je ne me trompe pas, ce qui semble vrai, nous sommes bien arrivées.

Marie
Alors ce que nous entendons...

La femme
Ce sont...

Madeleine
Oui, probablement.
Surtout ne pas les effrayer, on ne sait jamais.
Restons ici jusqu'au lever du jour qui ne devrait pas tarder, on y verra mieux sous le soleil.

La femme
Bonne idée, ne bougeons pas d'ici.

Marie
On pourrait retourner à la ville et chercher du renfort.

La femme
Oui, oui, bonne idée!
Si nous voulons les convaincre, il nous faut être plus nombreux.

Marie
Oui, c'est ça, plus nombreux...

Madeleine
Ah, pas question!
Maintenant que nous y sommes ce n'est pas pour nous en retourner et puis, réfléchissez à toutes les peines que nous avons eues pour arriver: les mines à éviter, l'offensive de l'armée voisine...

La femme
Oui, oui, c'est vrai...

Madeleine
Les rafales de mitraillette...

La femme
Les gaz qui étouffent...

Madeleine
Les cadavres à enjamber...

La femme
Oui, oui, c'est vrai...

Madeleine
Les tueurs du roi à nos trousses...

La femme
Les tanks qui écrasent tout...

Madeleine
Le volcan des insurgés...

Marie
Arrêtez, arrêtez!

Madeleine
La forêt calcinée aux cendres brûlantes sous les pieds...

La femme
Les mercenaires des pays de pluie...

Marie
Arrêtez. Plus jamais, plus jamais.
Nous sommes condamnées à mourir ici, dans le noir.
Quelle heure est-il?

La femme
Sur l'étoile du berger, 5 heures moins dix.

Marie
Voilà, je le savais, je le savais; ici le jour ne se lève jamais.
Je l'avais dit, je l'avais dit, on n'aurait jamais dû venir ici.

ACTE II - scène 2

MARIE - MADELEINE - LA FEMME - LES CORBEAUX

On entend un coq chanter, puis d'autres coqs qui lui répondent.
La lumière se fait doucement sur le plateau.
On y découvre une multitude de corbeaux endormis sur des membres déchiquetés. Des tas de cadavres jonchent le sol.

Madeleine
Bien, voilà le jour qui vient.
Restez-là, je vais voir.

La femme
Olà, la vieille, je viens avec toi

Marie
Vous n'allez quand même pas me laisser toute seule?!

Madeleine
Bon, alors, taisez-vous, on y va.

Les trois femmes passent leurs têtes de derrière les coulisses.

Elles se regardent, apeurées.
Un corbeau se réveille et les voit. Il se dresse, les regarde, regarde le public, les regarde de nouveau. La femme et Marie font mine de s'échapper, mais Madeleine les retient.

Le corbeau
Tiens, tiens, tiens, voilà des humains.

Il s'approche d'elles.
Ses camarades dorment encore.

Le corbeau
Croâââ Croâââ Croâââ

Madeleine
Croâââââââ!

Le corbeau *(surpris)*
Tu parles notre langue?

Madeleine *(surprise)*
Et toi, la nôtre?

Le corbeau
Es-tu vivante ou damnée?

Madeleine
Bien vivantes, nous le sommes toutes les trois.

Le corbeau
Et le sang coule dans vos veines?

Madeleine
Aussi bien que dans les tiennes, corbeau.

Le corbeau
Ca, c'est intéressant. Il y a donc encore des humains vivants?

Les trois femmes se regardent une nouvelle fois, pas très rassurées.

La femme
Aussi vrai que tu nous vois.

Madeleine
Que fais-tu ici?

Certains corbeaux se réveillent, se lèvent et s'approchent des femmes.
D'autres regardent la scène d'où ils se trouvent.

Le corbeau
Oh, c'est une loooonnngue histoire .
Longue et, croââââââ, compliquée.

Madeleine
Ce n'est pas grave, nous ne sommes pas pressées.

Le corbeau
Tu veux vraiment savoir?

Madeleine
Bien sûr, c'est pour cela que nous sommes venues.

Le corbeau retourne vers ses compagnons, ils discutent ensemble à coups de croâââ.
Ensuite, ils s'organisent en une sorte de chorale.
Le chant qui suit se fait a capella, chacun des corbeaux imitant un instrument ou battant un rythme .

Le corbeau
C'est d'accord, la vieille, mais à une seule condition, que tu nous racontes ensuite ce que vous venez faire ici.

Madeleine
C'est d'accord.

Le chant des corbeaux
Nous sommes les corbeaux,
les plus noirs des oiseaux.
Et nous sommes ici
Depuis, depuis,
Et nous sommes ici
depuis qu'il y a des os à ronger
héhé

Là où la guerre éclate
La vie est un festin
Nous n'avons jamais faim
Dans le monde des humains
Et dans ce pays-ci
Ici, ici
La viande tombe du ciel à tire d'aile
Larigot oh oh

Nous sommes venus là
Il y a dix ans déjà
Ca sentait la charogne
A cause d'un roi en rogne
Contre son cousin
Tout ça, tout ça,
Pour un bout de jardin.
Depuis, depuis,
Depuis nos enfants n'ont plus faim.
Hein, hein.

Quand nous sommes arrivés,
le lac était serein.
Pas l'ombre d'un humain.
Et puis, et puis,
La viande est arrivée.
Ils la jetaient par paquets
des avions
on, on

Tous les jours un peu plus
Le lac se remplissait
Si bien, si bien,
Le lac se remplissait si bien
Qu'il a fini par déborder
d'humains.

Des bras, des jambes partout,
Des femmes et des enfants,
Des soldats, des marins,
L'eau de plus en plus rouge.
De plus en plus souvent,
Des femmes et des enfants
à se mettre sous la dent
Han,han..

Comme toute la journée,
ils en jettent par milliers,
On est bien obligés
Hé,hé
On est bien obligés
de bien se cacher
Pour ne pas se faire assommer.

Maintenant, il y en a trop
dans le garde-manger

On n'en arrivera jamais à bout
hou hou
Avec ce qu'il y a là
On en a, croyez-moi
Pour plus de cent vies et au-delà
ah ah..

Madeleine
Et les âmes?

Les corbeaux
Ah ah,
nous y voilà
ah ah.
Les âmes des damnés
éh,éh
Celles qui chantent
A qui veut les entendre
Elles chantent leurs échecs
Et leurs désillusions
Celles qui chantent
A qui veut les entendre
Toujours la même chanson

Le corbeau
Les âmes; oh,oh,oh
Ecoute bien notre histoire, la vieille,
Les âmes, ah, ah, ah
Tu ne le regretteras pas.

A ce moment tombent du ciel des corps ensanglantés, désarticulés et une pluie de sang.

Le corbeau
Nouvelle fournée, tous aux abris!!!

Les corbeaux s'amassent les uns sur les autres, les femmes font de même. Bruit tonitruant, souffle d'air infernal. Les hélicoptères s'éloignent, les corps cessent de tomber. Chacun émerge petit à petit et s'assure que c'est bien fini.

Le corbeau
Ils lancent vraiment leurs déchets n'importe comment.
Encore un peu, ils nous tuaient.
Tout le monde est là?

Les corbeaux
Oui, oui, oui. Croâââ

Le corbeau *(aux femmes)*
Comme vous pouvez voir et constater, ils nous livrent les corps par milliers.
Mais surtout n'allez pas croire que ce massacre-ci a quelque chose à envier à ceux des voisins.

Choeur des corbeaux
A envier, rien rien rien

Le corbeau
Dans le monde entier, nous avons des messagers qui nous tiennent au courant. Nous avons craint la pénurie.
Pendant dix ans, quelques guérillas par-ci, par-là...
Mais maintenant, nous sommes tranquilles.
Ca a repris pour un bout de temps.
Ce qui est bien avec vous, les humains
C'est que dans aucun coin du monde, aucun,
en fait de brutalité, personne n'a rien à envier à son voisin.

Le choeur des corbeaux
A envier, rien rien rien

Le corbeau
La route n'est jamais très longue
Pour trouver de la viande fraîche.
Bien sûr, nous avons nos abattoirs privilégiés.
Sur certains continents, ça travaille tout le temps.
Rien à craindre pour nos enfants,
Leur avenir est assuré:
des voyages et à manger pour l'éternité.
Le carnage va bon train.
En fait de bestialité
Vous n'avez rien à nous envier.

Le choeur des corbeaux
A envier, rien rien rien

Le corbeau
Quant aux âmes, mes amies,
Elles chantent la nuit,
Exclusivement,
en poussant de longs soupirs de repentir.
Mais bien évidemment
Ca ne sert à rien.

Le choeur des corbeaux
Rien rien rien

Madeleine
Dis-moi, l'oiseau,
crois-tu qu'on pourrait leur parler?

Le corbeau
Aux âmes? Pour quoi faire?

Les corbeaux
Quoi faire, quoi faire?

La femme
Pour faire cesser la guerre...

Le corbeau
Cesser la guerre?! Et nous????

Les corbeaux
C'est vrai ça, et nous?
Et nous? Et nous? Et nous?

Les trois femmes se regardent. Marie a une idée.

Marie
Si on vous promettait de vous fournir de quoi manger tous les jours que Dieu fait.

Tous les corbeaux
Parole d'humain ne vaut rien.

Marie
Si nous le jurons sur Dieu et les écrits?

Tous les corbeaux partent d'un grand éclat de rire.

Le corbeau
Dieu? Lequel?
Si vous jurez sur le premier, d'autres diront n'avoir rien à faire avec celui-là et ainsi, tout recommencera.
Ah,ah, ah.

La femme
Là, il faut bien reconnaître qu'il n'a pas tort.

Marie
Mais si nous vous donnions des garanties...

Un corbeau
Lesquelles?

Un autre
Il ne faut pas discuter.

D'autres
- On va encore se faire berner.
- C'est vrai, on est bien ici.
- Oh, moi, varier les menus... je ne suis pas contre.
- Eh puis, ça devient dangereux, ils en jettent tellement qu'ils vont finir par nous blesser.
- Ca, c'est vrai. Au début, encore, il prévenaient, ils ne livraient que le matin, maintenant, c'est toute la journée.

La femme
Vous voyez que ce n'est pas si bien que ça. Avec tant de cadavres sur le dos, vous finirez par avoir des ennuis.

Deux corps tombent du ciel.

Un corbeau
Aïe, sur le pied!

La femme
Vous voyez...A votre place, je réfléchirais...

Le corbeau
Bon, bon, bon, on réfléchit. Qu'est-ce que vous proposez?

Les femmes se concertent, c'est Marie qui prend la parole.

Marie
Tous les jours, deux vaches pour vos familles, plus, selon

vos besoin, des moutons, du poisson et quelques perdrix.

Les corbeaux
Quelle horreur! De l'oiseau! Plutôt mourir que de manger un cousin, même éloigné.

La femme
Non, non, ce n'est pas ce qu'elle voulait dire. Quelques souris pour le dessert, c'est ce qu'elle proposait.

Un corbeau
Oh, quelle bonne idée, il y a longtemps que je n'en ai pas mangé. C'est d'accord, c'est d'accord, je signe tout de suite.

Le corbeau
Un instant, un instant corbeau gourmand.
Reste à connaître les garanties.

Les femmes se concertent de nouveau.

Madeleine
A chaque jour de promesse non tenue, nous vous autorisons à fondre sur un champ de blé et à le dévaster.

Les corbeaux
Ce n'est pas assez.

La femme
Que voulez-vous de plus?

Le corbeau
Nous voulons qu'en gage de votre bonne foi, à chaque jour de promesse non tenue, un enfant nous soit livré que nous ne vous rendrons qu'après paiement de la dette avec les intérêts.

La femme
C'est impossible.

Marie
Il n'en est pas question.

Le corbeau
Dans ce cas, n'en parlons plus, les âmes ne vous seront pas rendues.

La femme
Où sont-elles?

Le corbeau
Dans une maison, pas loin d'ici. Celle du muet comme on l'appelait.

Marie ***(à Madeleine)***
La maison de ton mari?

Madeleine
Oui, probablement.
On verra ça plus tard.

Marie
Vous les gardez prisonnières???

Le corbeau
Pas le moins du monde, ce sont elles qui nous l'ont demandé. Elles sont terrorisées par ce monde. Une fois sortie des corps, elles ne savent pas où aller, alors comme nous étions là, elles nous ont demandé de les protéger.

Le corbeau gourmand
Et comme les âmes ne se mangent pas...

Madeleine
Encore heureux!

La femme
Pensez-vous qu'elles accepteraient de nous voir?

Le corbeau
Mmh, mmh.
Rien n'est moins sûr.
Elles ont attrapé les humains en horreur.

Madeleine
Est-ce qu'elles regrettent?

Le corbeau
Elles geignent toute la nuit sur les erreurs qu'elles ont commises durant leur vie.

Un corbeau
C'est même agaçant à la fin.
C'est vrai, on ne peut plus fermer l'oeil.

Madeleine
Très bien. L'affaire s'annonce pour le mieux.
Corbeaux, nous acceptons vos conditions.

Marie
Tu es folle...

La femme
Leur donner nos enfants???!!!

Madeleine
Il n'en est pas question puisque nous allons tenir notre promesse.

La femme ***(qui la prend à l'écart)***
Tu es folle? Des vaches pour des oiseaux quand nous n'en avons même pas pour nous!

Madeleine
Nous n'en avons pas parce que le roi les garde pour lui et ses ministres et leurs femmes et leurs enfants et toute leur famille et leurs banquets d'ambassadeurs des pays de pluie.

Marie
Mais comment veux-tu faire pour les leur prendre?

Madeleine
Faites-moi confiance, j'ai ma petite idée.
Nous allons leur faire une grosse peur, si grosse que j'en ris déjà.
(aux corbeaux)
Quand pourrons-nous aller dans la maison?

Le corbeau
Cette nuit. Nous ne pouvons pas les réveiller.

Madeleine
Eh bien dans ce cas, nous attendrons.

ACTE II - scène 3

LE ROI - L'HOMME

Dans le palais.
Entre le roi en sautillant.

Le roi
C'est moi le roi
Le roi c'est moi
etcetera etcetera
Qui va là?

Faites entrez
celui qui frappe à ma porte
depuis plus de trente jours
sans espoir de retour.

Entre l'Homme en rampant.
Il avance jusqu'aux pieds du roi.
Celui-ci recule alors jusqu'à son trône descendu des cintres.
L'homme embrasse les pieds du roi et le sol qu'il a foulé.

Le roi
Bien, bien, bien.
Que me veux-tu, loyal sujet?

L'homme ***(toujours à plat ventre)***
Sire,
pardonnez-moi de vous voler ainsi votre temps si précieux

Le roi
Lève-toi, je n'entends rien

L'homme se relève maladroitement jusqu'à se retrouver à genoux.

L'homme
Sire, je disais, pardonnez-moi de vous voler un temps si précieux, mais il faut que je vous demande un inestimable renseignement, votre altesse, que peut-être vous êtes seul à pouvoir me vendre...
(a parte) puisque tous les autres ont refusé de me le donner.

Le roi
Bien. Bien. De quoi s'agit-il?

L'homme
Eh bien voilà...Ma femme... est partie.

Le roi
L'as-tu battue comme je l'ai édicté.

L'homme
Eh bien... justement...

Le roi
Voilà, voilà, tu ne l'as pas fait!

L'homme
Si, Seigneur, justement, je l'ai fait. C'est alors qu'elle a

décidé de me quitter pour partir dans les pays de pluie.

Le roi
Dans les pays de pluie? Mais j'ai interdit que quiconque sorte du pays et puis, qu'est-ce qu'une femme irait faire dans un pays de pluie.

L'homme
Cueillir de l'Instruction, mon roi. Pardonnez-moi.

Le roi
Ah,ah, ah! De l'Instruction! Une femme!
Mon loyal sujet, qu'as-tu bu cet apru-mudu
qu'as-ti bi, cet apri-midi...
QU'AS-TU BU CET APRES-MIDI?

L'homme ***(qui plonge à plat ventre)***
Rien, Sire, rien. Sur ma tête, sur la vôtre, pas une goutte, sur ma vie.

Le roi
Eh bien, tu aurais dû. A jeun, tu ne dis que des bétises.

L'homme
Sire, je vous en supplie, écoutez-moi. Je suis venu vous mettre en garde.
Ma femme m'a dit qu'elle partait pour les pays de pluie, plus de trente jours partie et pas de nouvelles.
Le facteur qui ne passe plus passait par hasard.
Je lui ai demandé si, on ne sait jamais, il ne l'avait pas croisée. Il l'a vue, Sire, il l'a vue!!!

Le roi
Eh bien, c'est très bien. Quand elle reviendra, bats-la et elle ne partira plus.

L'homme
Mais, Sire, c'est que, pour qu'elle revienne, il me faut aller la chercher.

Le roi
Eh bien, vas-y, qu'attends-tu?

L'homme
C'est, Sire, que je ne connais pas la route et que c'est interdit.

Le roi
Mais où est-elle donc partie, à la fin?

L'homme
Au lac, Sire.

Le roi ***(ébahi)***
Au lac???
Mais c'est impossible. D'abord, je l'ai interdit, ensuite, personne n'en connaît la route.

L'homme
Sire, elle n'est pas partie seule, avec elle, les deux vieilles les plus vieilles du pays.

Le roi
Deux vieilles? Bah, elles n'iront pas bien loin.
De toute façon, la route est sans retour.

L'homme
C'est bien pour ça que je suis là, Sire, je n'ai qu'elle.

Le roi
Ah ça, mon garçon, il fallait la garder à la maison.

Non, vraiment, je ne peux rien pour toi. Le lac est une zone militaire et qui y entre n'en ressort jamais.
Ta femme a désobéï, son sort sera le même que pour tous les autres.

L'homme
Sire, par pitié...

Le roi
Pas de pitié pour les insurgés. Toi aussi, d'ailleurs, je devrais te tuer, mais bon, faute avouée est à moitié pardonnée.
Va-t-en et surtout ne te rappelle jamais à moi.

L'homme commence à sortir en rampant.

Le roi
Sors debout, tu m'énerves.

L'homme se relève et s'éloigne en faisant des courbettes.

L'homme
Bien, Sire. Merci, Sire.
Au revoir Sire.
Que Dieu vous garde.

Le roi
C'est cela, c'est cela.

Une fois l'homme sorti.

Le roi
Mmh, mmh, tout cela est très ennuyeux.
Mais que sont-elles donc allées faire au lac?
Il faut que j'en parle à mon Ministre de la Mort.

ACTE II - scène 4

LE ROI - LE MINISTRE DE LA MORT

entre le Ministre de la Mort

Le Ministre de la mort
Vous me demandez, Sire?

Le roi ***(quelque peu surpris)***
Ah, vous êtes là. Il vient d'arriver une chose étrange.

Le Ministre de la Mort
A propos du lac? Oui, je sais, mais qu'avons-nous à craindre?
Les femmes n'en reviendront pas et, que je sache, les morts ne se réveillent pas.

Le roi
En êtes-vous bien sûr?

Le ministre de la mort ***(outré)***
Sire!

Le roi
Bien, vous avez raison.
N'empêche, mon Ministre, j'aimerais beaucoup aller faire un petit tour près de ce fameux lac. Tous ces morts

devraient, dans quelques temps, nous fournir un fameux engrais, et j'aimerais beaucoup, le roi c'est moi, le voir de plus près.

Le Ministre de la Mort
Sire, c'est impossible

Le roi
Mon ministre, vous me décevez. Rien de ce que je désire n'est impossible, l'avez-vous oublié? Je veux que dès ce soir, moi et vous et une escorte armée allions faire une petite promenade apéritive dans cet endroit.

Le Ministre de la Mort
Mais, Sire, on dit que la puanteur y est épouvantable!

Le roi
Nous n'en apprécierons que mieux l'air frais.

Le Ministre de la Mort
Mais Sire...

Le roi
Cessons de discuter, je vous dis. Que mon hélicoptère privé et particulier soit prêt d'ici ce soir. A mes ordres.

Le ministre sort. Le roi remonte dans les cintres, assis sur son trône

ACTE II - scène 5

LE MINISTRE DE LA MORT - LE CORBEAU MESSAGER

Une fois le roi disparu, le Ministre de la Mort revient. Il jette un oeil autour de lui pour vérifier qu'il est vraiment seul.

Le Ministre de la Mort
Croâââ....Croâââ

Silence

Le Ministre de la Mort
Croâââ...Croâââ...
...Bon, qu'est-ce qu'il fait?
Croâââ, croâââ, croâââ!

Un corbeau entre.

Le corbeau
Vous m'appelez, Monseigneur?

Le Ministre de la Mort
Ah, te voilà toi. Qu'est-ce que c'est que cette histoire? J'ai appris que trois femmes s'étaient rendues au Lac...

Le corbeau
C'est vrai, Monseigneur.

Le Ministre de la Mort
Et pourquoi ne m'en as-tu pas prévenu?

Le corbeau
C'est, Monseigneur, que cela ne m'a pas paru utile.

Le Ministre de la Mort
Ce n'est pas à toi de juger de ce qui est utile ou non. Ne t'avais-je pas ordonné de venir me rendre compte de tout ce qui te semblait pouvoir nuire à la Sûreté de l'Etat?

Le corbeau
Si, Monseigneur.

Le Ministre de la Mort
Alors, peux-tu m'expliquer pourquoi tu ne m'as pas touché mot de cette affaire?

Le corbeau
C'est que, Monseigneur, il ne m'a pas semblé que la promenade de trois femmes dont deux vieilles pouvaient en rien atteindre à la Sûreté de l'Etat.

Le Ministre de la Mort
Mais elles ont franchi la zone interdite!

Le corbeau
Malgré tout le respect que je vous dois, Monseigneur, toutes les zones sont interdites. Un jour ici, l'autre là, et ça n'arrête pas. Des panneaux partout, des mines par-ci, des mines par-là: à chaque pas, on risque de sauter. C'est à ne plus s'y retrouver.

Le Ministre de la Mort
Ca suffit!
Donc, tu les as vues.
Sais-tu pourquoi elles se sont rendues au Lac?

Le corbeau
Eh bien, il paraît qu'elles veulent parler aux âmes.

Le Ministre de la Mort
Aux âmes??? En voilà une idée. Aux âmes...et puis quoi encore? Qu'est-ce que c'est que cette histoire?

Le corbeau
Je n'en sais pas plus, seulement qu'elles y sont allées pour parler aux âmes.

Le Ministre de la Mort
Ah bon. Et qu'est-ce qu'elles veulent leur dire aux AAAMES?

Le corbeau
Si j'ai bien compris, elles voudraient leur demander de faire cesser la guerre.

Le Ministre de la Mort
Faire cesser la guerre, c'est cela, oui.
Bon en résumé, tu me dis que trois allumées sont au bord du lac pour demander aux âmes de faire cesser la guerre.
Et qu'est-ce que tu en penses, toi, de tout ça?

Le corbeau
Je partage entièrement l'avis de Monseigneur.

Le Ministre de la Mort
Et quel est-il, mon avis?

Le corbeau
Et bien, j'ai cru comprendre que Monseigneur pensait dur comme fer qu'un mort est un mort et qu'il n'y a plus rien à en tirer et que par conséquent, il n'y a pas à se soucier du radotage de trois femmes.

Le Ministre de la Mort
Oui, oui, mais enfin, tu m'as quand même dit avoir entendu chanter ces âmes ?!

Le corbeau
Oui, Monseigneur, mais comme vous l'avez dit vous-même à l'époque, ce devait être le chant de quelques paysans apporté par le vent.

Le Ministre de la Mort
Mais il n'y a plus de vent!

Le corbeau
Mais, Monseigneur, c'est ce que vous m'avez dit à l'époque!

Le Ministre de la Mort
Oui, bon, bon, admettons.
Qu'est-ce que tu sais d'autre?

Le corbeau
Rien, Monseigneur. Je devais être ici dans l'après-midi, alors je suis parti avant la fin.

Le Ministre de la Mort
Quelle fin?

Le corbeau
Et bien...la fin des négociations!.

Le Ministre de la Mort
Quelles négociations?

Le corbeau
Eh bien, pour savoir si notre chef accepte ou non de délivrer les âmes.

Le Ministre de la Mort
Mais puisque ça n'existe pas.

Le corbeau
Oui, vous avez raison. Bon bien alors, pourquoi en faites-vous tout un plat si ça n'existe pas?

Le Ministre de la Mort
C'est moi qui pose les questions!
Il faut absolument faire disparaître ces trois femmes avant la nuit.
Le roi a décidé de se rendre au Lac ce soir pour je ne sais quelle raison.
Il faut absolument que, d'ici là, tout soit en ordre au bord du lac. Le roi ne doit pas savoir que nous jetons les soldats morts dans le même endroit. Jusqu'à présent, il croit que nous les enterrons selon l'usage. Je veux que tes amis et toi brûliez les corps des soldats avant notre arrivée.
Quant aux femmes, je vous ordonne de les dépecer vivantes.

Le corbeau
Je suis au regret de vous dire, Monseigneur, qu'en ce qui concerne votre dernier commandement, cela s'avère complètement impossible.

Le Ministre de la Mort
Rien de ce que je désire n'est impossible.

Le corbeau
Certes, Monseigneur, sauf votre dernier ordre.

Le Ministre de la Mort
Et pourquoi donc?

Le corbeau
Nous sommes des charognards, Monseigneur, pas des chasseurs. Nous sommes incapables de faire le moindre mal à un être vivant.

Le Ministre de la Mort
Bien, dans ce cas, brûlez-les avec les soldats que vous n'avez pas encore mangés.

Le corbeau
Bien Monseigneur.

Le corbeau s'en va.

Le Ministre de la Mort
Bien, bien, bien. Maintenant, ce n'est pas tout ça, il faut apprêter le convoi.

Il sort à son tour.

ACTE II - scène 6

MADELEINE - LE CORBEAU - MARIE - DES CHAPEAUX - LA FEMME - LE CORBEAU MESSAGER - LES CORBEAUX

Le lac. Les trois femmes et les corbeaux jouent aux dés (poker par exemple).

Madeleine
Brelan de roi par les dames.

Elle passe les dés à un corbeau.

Le corbeau
Carré de dames.

La femme
Menteur! Je ne prends pas.

Le corbeau
Eh bien, vous avez tort, chère Madame.

La femme
Oh, zut, zut et rezut. Encore perdu.

Un chapeau, puis deux, puis plusieurs chapeaux tombent sur le plateau.

Marie
Qu'est-ce qui se passe?
A qui sont tous ces chapeaux?

Elle se lève et va en ramasser un.

Le chapeau
Aïe!

Marie *(qui le lâche aussitôt)*
Hein???

Le chapeau
Vous ne pouvez pas faire attention, non?

Marie recule.
Madeleine et la femme se lèvent.
Le corbeau se lève, furieux d'être dérangé dans son jeu.

Le corbeau
Qu'est-ce qui se passe encore? Qui est-ce qui vous a laissé sortir?

Le chapeau
Ne te fâche pas, corbeau.
Nous avions besoin de prendre l'air, on étouffe là-dedans.

Madeleine *(au corbeau)*
Mais qu'est-ce que c'est?

Le corbeau
Vous le voyez bien, ce sont des chapeaux!

Madeleine
Qui parlent?

Les chapeaux
Bien sûr que nous parlons, nom de nom!
Nous sommes les âmes des idiots qui sont allés se faire tuer et nous voilà bien avancées.

Madeleine
Vous êtes les âmes?

Les chapeaux
Oui, oui, oui.
Qu'y-a-t-il de si étonnant?
Nous sommes les âmes des damnés,
fusillés, mitraillés, écorchés, violés, empalés, pendus, décapités, dépecés, torturés, noyés, brûlés, gazés, asphyxiés, étouffés, étranglés, lobotomisés, écartelés, déchirés, éventrés, assassinés, fouettés, battus à mort, égorgés, empoisonnés: nous sommes les âmes des tués.

Madeleine ***(au corbeau)***
Est-ce qu'on peut leur parler?

Le corbeau
Le marché est conclu, faites ce que vous voulez.

Sur ce, le corbeau se remet à jouer avec ses camarades.

Madeleine
Eh bien voilà, Mesdames les âmes, nous sommes venues pour vous parler.

D'autres chapeaux tombent des cintres, des dizaines de chapeaux.

Les chapeaux
Parole d'humain ne vaut rien!

La femme
S'il vous plaît, s'il vous plaît, il faut nous écouter.

Un chapeau
C'est à force d'avoir écouté, entendu, cru et obéï que nous sommes ici.

Madeleine
Oui, oui, je sais, mais justement, vous pouvez nous aider.

Les chapeaux
Aider un humain ne vaut rien...

Un chapeau de femme
Ecoutez-là, on ne sait jamais, après tout, elles ne sont pour rien dans tout ça.

Madeleine
Ecoutez-moi. Après, vous serez libres de décider.

Les chapeaux
Manquerait plus que ça!

Madeleine
Nous sommes venues pour faire cesser la guerre et vous seules pouvez nous aider.

Les chapeaux
Faire cesser la guerre? Mais comment?

Madeleine
En faisant peur à notre roi.

Un chapeau
Peur? Peur de quoi?

Madeleine
Dites-moi, toutes les âmes du pays sont-elles ici?

Un chapeau
Ne sont ici que celles qu'on a jetées dans le charnier.

Madeleine
Et c'est bien ici que les assassins ont jeté la reine-mère?

Le corbeau messager entre par le fond et va chuchoter quelques mots au Corbeau.
La discussion paraît animée.
Les femmes et les chapeaux continuent leur conversation.

Un chapeau
Comment savez-vous?

Madeleine
Tout le monde le sait. Sauf le roi, ce bénêt.Elle était contre la guerre, elle seule pouvait faire fléchir son fils; donc il fallait l'écarter.
Comment croire à une mort naturelle quand, au lendemain de son décès, la guerre éclatait?

Un chapeau
C'est bien, la vieille, tu penses bien pour un humain.
En effet, elle nous a raconté son histoire.
Avant d'épouser le vieux roi, elle avait demandé à pouvoir être enterrée dans son propre pays, aux côtés de sa famille.
Un cercueil plombé et lesté de sable a été expédié; son corps fut le premier à pourrir dans le lac.

Madeleine
Sais-tu où nous pouvons la trouver?

Un chapeau
Dans la maison.
Elle dort tout le jour et puis toute la nuit, dégoûtée de la vie, dégoûtée de la mort.

Madeleine
Pouvez-vous nous y conduire?

Les chapeaux
Oui, femmes, suivez-nous. Si vous pouvez changer le destin de nos familles, allons-y!

Les chapeaux
Nous sommes les âmes des damnés, fusillés, mitraillés...

Les chapeaux sortent en escortant les femmes, en dansant autour d'elles et en chantant.

Le corbeau messager
Il faut faire vite!

Le Corbeau
Il n'en est pas question!

Le corbeau messager
Mais, c'est qu'ils vont arriver armés! Si nous n'obéïssons pas, nous sommes cuits!

Le corbeau
Je ne veux pas le savoir! Le premier que je vois s'approcher d'une allumette, je lui coupe la tête de mon bec! Entendu? Nous ne brûlerons rien! Ni les femmes, ni les soldats! Ah, mais, qu'est-ce-que c'est que ces manières barbares. Ils nous jettent leurs détritus sur la tête et c'est nous qui devrions mettre de l'ordre, et quoi encore?

De plus, nous les oiseaux, charognards ou pas, nous n'avons qu'une parole que nous ne reprendrons pas. C'est comme ça.

Le corbeau messager
Mais qu'allons-nous devenir?

Le Corbeau
Elles ont juré de subvenir à nos besoins.

Le corbeau messager
Parole d'humain ne vaut rien.

Le Corbeau
Elles sont trop vieilles pour être encore tout à fait des humains...

ACTE II - scène 7

LE ROI - LE MINISTRE DE LA MORT

A ce moment, on entend un hélicoptère faire un vacarme effrayant.
Les corbeaux s'éparpillent de tous les côtés du plateau, se cachent derrière tout ce qui peut les cacher. Très vite, le plateau est vide des oiseaux.
Le roi et son Ministre de la Mort descendent des cintres par une échelle de corde.

Le roi ***(en tremblant)***
Mon Ministre, je n'arriverai jamais en bas...

Le Ministre de la Mort
Courage, Sire, vous êtes bientôt arrivé.

Le roi
Je n'entends rien. Que dites-vous?

Le Ministre de la Mort
Je dis, courage...

A ces mots, le roi tombe le cul par terre.

Le Ministre de la Mort
...Sire, vous êtes bientôt arrivé.

Le Ministre de la Mort met pied à terre et se précipite vers le roi pour l'aider à se relever, il sort aussiôt un mouchoir de sa cape pour se boucher le nez.
Le roi s'assure d'abord qu'il a bien les pieds sur terre. Ensuite, il contemple les corps.

Le roi
Ah, ah, voilà donc mes tués. Eh bien, eh bien, voilà qui est bien.

Le roi
Oui, oui, vous aviez raison, cela sent très mauvais. Donnez-moi votre mouchoir.

Le Ministre de la Mort
Mais, Sire...

Le roi
Insurrection? Désobéïssance? Mutinerie?
Qui suis-je?

Le Ministre de la Mort ***(lui tendant le mouchoir à contre coeur)***
Le roi, Sire.

Le roi ***(en se promenant parmi les corps)***
Bien, bien, beau travail, mais que de monde! J'ignorais que j'avais tant d'ennemis. Il y a même des enfants et des femmes, c'est incroyable ce que les gens sont ingrats. Mais...que vois-je...des uniformes!
N'avais-je pas ordonné d'enterrer dignement nos glorieux combattants?

Le Ministre de la Mort
C'est que, Sire...euh...les cimetières...

Le roi
Eh bien quoi, les cimetières?

Le Ministre de la Mort
Ils débordent, Sire.

Le roi
Nos pertes sont si grandes?

Le Ministre de la Mort
Non, mais, voyez-vous, ils ont été construits trop petits.

Le roi
Eh bien, il faut les agrandir. Demandez aux étrangers.

Le Ministre de la Mort
Sire, c'est que, des étrangers...il n'y en a plus.

Le roi
Comment cela?

Le Ministre de la Mort
Après notre dernière discussion et avec votre accord, je les ai fait tuer.

Le roi
Bon, bon, nous verrons cela plus tard. Dites-moi, mon ami, pensez-vous vraiment que ces chairs putrides donnent un bon engrais?

Le Ministre de la Mort
Il n'y a pas de raison...

Le roi
Quand même, quel carnage, je n'aurais jamais cru...

Bien sûr, il faut ce qu'il faut et on n'a rien sans rien, mais, à ce point, vraiment, je ne pensais pas... Enfin.
Bien, c'est tout ce qu'il y a à voir?

Le Ministre de la Mort
Oui, Sire.

Le roi
Dans ce cas, nous pouvons repartir.

Une voix
Pas si vite, mon fils, pas si vite.

Le roi
Maman? Qu'est-ce que c'est?
Que se passe-t-il?

Le Ministre de la Mort demeure pétrifié, puis cherche une sortie du regard.

La voix
Vous non plus, mon cher Ministre, pas si vite.

Le roi ***(au Ministre)***
Mais c'est la voix de ma mère!
Que fait-elle ici?

Apparaît un grand chapeau royal dans les airs.

Le chapeau
Bonne idée, mon ami, demande-lui ce que je fais ici.

Le Ministre de la Mort fait mine de s'enfuir.
Un énorme chapeau en grillage tombe sur lui et l'emprisonne.

Le roi ***(qui commence vraiment à avoir très peur)***
Qui êtes-vous? Que faites-vous ici?

Le chapeau
Tu as deviné, mon bébé, je suis ta mère assassinée. Du moins, ce qu'il en reste.

Le roi
Assassinée???

Le chapeau
Eh oui, mon chéri. Oh, je sais bien que tu n'y es pour rien, que tu n'as rien compris et qu'une fois de plus, tout s'est passé au-dessus de ta couronne...

Le roi
Mais maman...

Le chapeau
Tais-toi, imbécile!

ACTE II - scène 8

LE ROI - LE MINISTRE DE LA MORT - MADELEINE - MARIE - TOUS LES CORBEAUX - LA FEMME - L'HOMME - LES CHAPEAUX

Entrent Madeleine, Marie et la Femme ainsi que plusieurs chapeaux. Apparaissent les corbeaux.

Madeleine
Ca, c'est bien dit!

Le chapeau
La fête est finie, mon chéri. Cela suffit. Depuis toutes ces années, au nom d'un Dieu de ton choix, dont tu as changé plusieurs fois, dois-je te le rappeler, tu as commis les crimes les plus odieux qui soient...

Un Corbeau
Oh, ne croyez pas ça, j'ai un cousin qui arrive du Sud-Est, il paraît que...

La femme
Chhhut

Le roi
Mais, Mère, je ne savais pas que...

Le chapeau
Qu'ignorais-tu encore? Pensais-tu, mon chéri, que la guerre se faisait sans une goutte de sang? Et pourquoi tout ce sang, réellement?

Le roi
Mais mère, vous le savez bien, notre patrie était menacée d'un grave danger. Tous ces étrangers, l'économie, la dette envers les pays de pluie...

Le chapeau
J'ai dit: REELLEMENT???

Le roi
Ce n'est pas moi qui ai commencé...

Madeleine ***(dans sa barbe)***
Voilà, ça recommence...

Le chapeau
Fils, je t'ordonne de faire cesser cette guerre immédiatement.

Le roi
Mais, maman...

Le chapeau
J'ai dit: IMMEDIATEMENT.
Ensuite, tu me reconduiras chez moi pour que je puisse enfin reposer auprès des miens.
Tu nommeras à la tête du pays les trois femmes qui se trouvent ici.

Le roi
Des femmes?

Le chapeau
C'est ainsi. Et tu seras, avec ton Ministre, leur prisonnier, condamnés à reconstruire seuls tout ce que vous avez détruit. De vos mains...
De vos têtes, il n'y a rien à tirer. Vous obéïrez aux familles et construirez ce qu'elles vous diront de construire, à perpétuité.

Marie
Mais, votre Altesse, c'est qu'il ne nous reste plus très longtemps à vivre...

Le chapeau
Je sais. Aussi, à la mort de chacune de vous, une autre viendra, élue par les âmes des damnés. Que les vivants soient gouvernés par les vivants, cela va de soi, mais dorénavant, cela n'ira pas sans l'avis des suppliciés.
Les vivants ont la mémoire trop courte.
Maintenant, allons-y, il y a du pain sur la planche et toute âme que je suis, j'ai faim.

L'homme ***(qui entre en courant)***
Fin? C'est la fin? Et ma femme?

La femme se jette dans ses bras.
Passe dans le ciel un trousseau de clefs.

Un corbeau ***(même voix que l'ivrogne)***
Tiens, des clefs qui cherchent une étoile.

Tout le monde sort, Marie et Madeleine sont les dernières.

Marie
Madeleine, et ta maison?

Madeleine
Oh, tu sais, elle n'a jamais été mienne. Elle a été le rêve d'un homme et, à présent, ce rêve est habité par d'autres.
Je suis sûre que ton fils y somnole et qu'un jour de printemps, reposé de sa vie, il viendra nous saluer.
Allez viens.

Madeleine sort. Marie hésite un moment et finit par la suivre.

FIN, C'EST LA FIN.